U0038648

採果集

泰戈爾 著
糜文開、糜榴麗 譯

序

梁實秋

人生有三種境界，自然的，人性的，宗教的。這宗教的境界是很高超的，神祕而美妙，只可意會，不可言說，說即不中。禪宗宗門中人語，稱「凡」為「這邊」，「聖」為「那邊」，就是因為那個境界（見性），絕對不可思議不可形容，無可奈何，只好用「這邊」、「那邊」來指示了。

詩人，大概都是有甚深的智慧，在觀照中，往往能見道。換言之，詩人時常能進入宗教的境界。詩人與一般的高僧大德不同，他於實際體驗那玄祕的妙境之餘，還要舞文弄墨把那一段經驗寫錄下來。這也許是多此一舉，但許多首宗教性的詩就是這樣產生的。我們直接不易進入宗教境界的凡夫，讀詩亦往往可以入聖。不立文字的禪宗，教人「將嘴掛在壁上」，也還有那許多「公案」教人去參。

泰戈爾，天竺詩人，原有印度民族所特有的那一份神祕的素養，但他還具備一般詩人所具備的那種汎神論的眼光。一草一木，一花一葉，在他看來，莫不有象徵的意味。其詩清新俊逸，而立意深邈。糜文開先生和他的女公子榴麗小姐譯其《漂鳥》、《新月》之後，又有《採果集》繼而問世，囑我一語為介。這是「大事」，不需多說。

四十六年三月十二日，臺北

1

命令我，我就採集我的果子，把牠們整籃整籃的裝著帶到你的院子裡來，雖則有些已經失落，有些尚未成熟。

這季節，因長得豐滿而沉重，在蔭翳中，牧童吹奏他哀怨的笛。

命令我，我就要江上航行。三月的風在憤怒，激動軟弱的波浪發出喃喃的怨言。

這園子已獻出了牠的一切，在黃昏的疲勞時間，在落照中，從你岸邊的屋裡傳來那召喚的聲音。

2

我的生命，年輕時像一朵花——一朵春風到她門前來乞求時，從她的充實中掉下一兩片花瓣而永不覺得損失的花。

現在，在青春的末期，我的生命像一隻果實，沒有什麼可施捨，只等著把她自己來完全獻出，帶著她甜蜜的重負。

3

夏天的節日是不是只為了鮮花而不是也為了枯萎的葉子與凋謝的花朵？

海之歌是不是只與高漲的波濤合調？不是牠亦與降落的浪頭同歌？

我的國王站立的地毯鑲織著珠寶，但是那些忍耐著的土塊卻等待著他腳趾的撫觸。

在我主的周圍，坐著沒有幾位智者與偉人，但他卻把愚人抱在他懷中，把我永久的做了他的僕從。

4

晨我醒來發現了他的信。
不知道牠說什麼?因為我不能閱讀。
我將不管那聰敏人由他獨自和他的書本在一起,我將不去麻煩他,因為那個知道他能不能讀這信。

讓我把牠放在額頭,把牠緊抱在我心口。
當夜深靜寂,星星一顆跟一顆出現的時候,我要把牠放在我膝頭而靜息。

那沙沙響的樹葉將把牠高誦，那奔走的溪流，將把牠吟詠，而那七顆智星將從天空把牠向我歌唱。

我找不到所搜尋的物件，我不懂我曾想學習的；但是這未閱的信卻使我的負擔減輕，把我的思想變成歌曲。

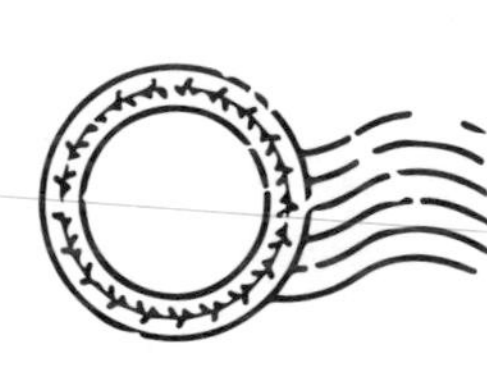

5

一握塵埃可以隱蔽你的信號，當我不知牠的意義時。

現在我略為聰敏一點，我在這塵埃裡理會牠從前隱蔽的一切。

牠是畫在花瓣上；水波在牠們的浪花中閃出；而群山把牠高舉在牠們峰頂。

從前我臉轉向你，所以我把那些字歪讀而不懂牠們的意義。

6

那裡有人造的路我就迷途了。

在那遼闊的海上，在青色的天空中，那裡沒有路線的痕跡。

這路被鳥翼，被星火，被旅行季節的花朵所隱匿。

我詢問我的心，牠血液裡是否帶著那看不見的路之智慧。

7

啊！我不能停留在屋子裡，家對我已不是家，因為那永久的生客在召喚我，他在路上走著。

他的腳步聲敲著我的胸膛；使我痛苦。

起風了，大海在悲鳴。

我把一切的懸念與疑慮拋在身後，來跟隨那無家的潮流，因為那永久的生客在召喚我，他在路上走著。

8

準備出發，我的心！讓那些定要逗留的人去逗留吧。

你的名字在晨空中被召喚。

不要等誰！

那花蕾渴望子夜與露水，但那盛開的花為光的自由而叫喊。

裂破你的外殼，我的心，出來吧！

9

當我留戀在我蓄藏的財寶之間時，我覺得我正像一條毛蟲，在黑暗中餵食著牠出生在裡面的水果的毛蟲。

我離去這腐敗的牢獄，我不介意於出沒在這陳腐的沉寂中，我要去找尋那永久的青春；我把那些不是同我生命合一的，不是同我的歡笑一樣輕鬆的一切丟掉。

我跑著穿過時間，哦！我的心，那流浪時歌唱著的詩人在你的車中跳舞了。

10

你牽著我的手拉我到你身邊，在眾人面前使我坐在高座上，直到我覺得膽怯，不能隨意的活動和走我的路；我走的每一步因為怕踏在他們蔑視的荊棘上而疑惑著，考慮著。

最後來了打擊，我自由了！

侮辱的鼓聲響起，我的座位被打倒在塵埃中。

我的路展開在我前面。

我的雙翼充滿著天空的慾望。

我去加入子夜的流星，來投進深淵的幽暗。

我像夏天被暴風趕著的雲，牠拋掉了金的皇冕，雷杵像一把利劍掛在閃電織成的鍊。

在非常的歡樂中我馳騁在被蔑視者的汙濁路上；我行近你最後的歡迎。

孩子找到他的母親，當他離開她的胎房。

當我被與你隔離，從你的屋子被驅逐，我就有見到你臉的自由。

11

這個我的寶石項圈，牠裝飾我只為來譏諷我。

當掛在我頸項上時，牠損傷我，當我掙扎著要把牠拉去時，牠窒縊我。

牠扼我的喉，牠阻遏我的歌唱。

我主，我能把牠獻到你手中我就得救了。

把這拿去，換一個花圈把我聯繫住你；因為我頸上戴著這寶石的項圈站在你面前使我羞慚。

12

瓊那河在深邃的下面流著，急速而清澄，上面怒矗著突出的河岸。

簇聚著被林木遮成黑鬱鬱的叢山，滔滔的川流把牠們劃著一道道的疤痕。

郭文達，那偉大的錫克教師，坐在巖石上誦讀經典，他的以自己多財而自負的徒弟——羅古納德來對他敬禮說：「我帶來這我的可憐禮物，不值得你的接納。」

說著，他在教師面前陳列一對鑲嵌著寶貴鑽石的金鐲。

那主拿起一個，在他指頭上旋轉，金剛石發射出光之箭來。

突然，鐲子從他手中滑下，從岸上滾進水中去。

「啊喲」羅古納德尖叫，跳入河裡。

教師眼光回到他書上去，而水保藏著牠偷竊的東西，仍向前流著。

日光已昏暗，當疲乏的羅古納德水淋淋地回到教師那邊。

他喘息著說：「我仍能把牠找回，如果你指點我牠跌落的地方。」

教師拿起剩下的一隻金鐲向水裡一擲說：「牠在那裡。」

13

活動著，在行動中就會時時刻刻遇見你。

同行者啊！

就會和你腳步聲一同歌唱。

你呼吸觸到的人不靠岸的蔭庇而游行。

他在風裡張著冒險的帆，騎著狂暴的水波。

那個打開他的大門趨步前進的人受到你的歡迎。

他不停留下來數他的利得或者悲悼他的損失；他的心給

他的步調敲鼓，因為這樣就每一步和你一起前進。

同行者！

14

在這世界我的最好的一份將從你手中得到，這是你的諾言。

所以你的光閃耀在我眼淚中。

我不願被人家領導，怕因此我會錯過你在那裡路角等待著做我的嚮導。

我走我任性的路，直到我的愚誠激動你到我門前。

因為我有你的諾言，在這世界，我的最好的一份將從你手中得到。

15

你的言詞簡易，我主，但那些談論你的人卻並不這樣。
我懂得你星辰的聲音，還有你樹木的靜默。
我知道我的心將像花朵一樣開放；我的生命已在一個隱蔽的泉源充實了自己。
你的歌像從雪的寂寞之境的來鳥，正飛來築牠們的巢，在我心的四月的溫暖裡，我已滿足於等待那歡樂的季節。

16

他們認得道路，所以他們沿著那狹巷去尋找你，但是我是無知的，我在夜裡四處漫遊。

我沒有受到足夠的訓練要在黑暗中怕你，所以我無意中走到了你的門階。

聰敏人叱斥我命我滾開，因為我不是從巷中走來的。

我疑惑著走向別處，但是你緊緊地執著我，於是他們的叱罵一天一天的更響了。

17

我帶著我的瓦燈走出我的屋子叫道：「來，孩子們，我來照亮你們的路！」

當我回來時夜仍是黑漆漆的，我離開路把牠交給牠的寂寞，我叫道：「照亮我，哦火！我的瓦燈粉碎在塵埃中了！」

18

不，這不是你所能做的，使花蕾開放。
任你把花蕾搖撼，把花蕾敲打，這是你權力所不及的，來使牠開放。
你的接觸汙損牠，你把花瓣撕成碎片撒在塵埃裡。
但是沒有顏色出現，也沒有芳香。
啊！這不是你能來使花蕾開放的。

他，能使花蕾開放的人做來很是簡單。

他向花蕾看一眼，那生命之液便在牠血脈中激動，
他的氣息使花朵展開牠的翼兒撲翅在風中。
顏色泛溢出來像心裡的渴望，芳香洩漏一個甜蜜的祕密。
他，能使花蕾開放的人做來很是簡單。

19

花匠蘇陀斯從他的水池裡採下冬天劫掠後所餘下的最後一朵蓮花，到王宮門前去賣給國王。

那裡他遇到一個旅行者對他說：「請問這最後一朵蓮花的代價——我要把牠供奉給如來佛。」

蘇陀斯說：「如果你出一個金摩沙，這花就是你的。」

旅行者就付了。

那時國王出來他想買這朵花，因為他正前往拜訪如來佛，

他想：「我把這朵冬天開的蓮花放在他腳邊多麼好啊。」

當花匠說有人出價一個金摩沙，國王就提出十個，但是旅行者便出加倍的價錢。

花匠因貪得，幻想為了他的緣故，使他們競爭出價的人將使他獲得更大的利益，他鞠躬說：「我不能出賣這朵蓮花。」

城牆外檬果林的靜寂濃蔭中蘇陀斯站在如來佛前，在佛的嘴唇上坐著愛之靜默，佛的眼睛裡輝耀著寧靜，像露洗的秋之晨星。

蘇陀斯看著他的臉，把蓮花放在他腳邊，泥首在塵埃裡。

如來佛笑笑問道：「你希望什麼，我兒？」

蘇陀斯叫道：「你腳的最小接觸。」

20

使我做你的詩人，哦，夜，覆蓋著的夜。

有幾許人在你的陰暗中長期無言的坐著；讓我吐出他們的歌曲。

把我放在你沒有輪子的戰車上，從世界到世界無聲地跑著，你是時間之宮的王后，你朦朧的美人。

許多詢問的智力偷偷地進入你的中庭，漫遊你的無燈之屋尋求解答。

從多少的心，被「未知」的手所發出的快樂之箭貫穿，怒放出歡欣的歌唱，把黑暗的基石都震動了。

這些不眠的靈魂在星光中驚奇地看著他們驟然尋到的寶貝。

使我做他們的詩人，哦，夜，做你的不可測靜默的詩人。

21

有一天我將遇見我裡面的「生命」，那藏在我生命裡的快樂，雖然日子用牠們的閒塵來混亂我的前途。

我曾認識牠，在瞥見過的幾次中，牠間歇的風吹過我使我的思想芬芳一時。

我有一天將遇到那個外面的「快樂」，那個住在光之屏風後面的快樂——我於是將站在氾濫的洪荒，那裡所有的東西是像他們創造者看見的一樣。

22

這秋天的早晨已疲勞於太多的光，如果你的歌漸成間歇而無力，給我一會兒你的笛。

我將在想奏時奏它，一會兒拿在我膝上，一會兒接觸著我的雙唇，一會兒把牠放在我身邊的草地上。

但是在莊嚴黃昏的靜寂裡，我將採集花朵，把花圈來裝飾牠，我將把牠充滿芳香；我將用點著的燈來禮拜它。

於是在夜裡我將到你那邊來，把你的笛還你。

你將用牠奏子夜的樂曲，當寂寞的新月在星辰間遨遊。

23

詩人的心，在風與水的聲音中的生命之波浪上漂浮著，舞蹈著。

現在當太陽已下沉，昏黑的天空罩在海上，像下垂的睫毛跌向疲倦的眼睛，是時候了，把他的筆拿去，讓他的思想沉向深洋的底，留在那個靜默的永久神祕裡。

24

夜是黑暗的，你的睡眠酣熟在我存在的靜默裡。

醒來，哦，「愛之苦痛」，我站在外面，不知怎樣來打開這大門。

時間等待著，星辰看守著，風是靜止著，沉重地，靜默壓在我心上。

醒來，「愛」啊，醒來！注滿我的空杯，用歌的輕風來吹縐夜晚。

25

晨之鳥歌唱著。

從那裡他得到早晨的訊息，在破曉以前，當夜之龍仍盤踞天空，在他寒冷而黝黑的蟠繞中？

告訴我，晨之鳥，怎麼穿過天空與樹葉形成的雙重黑夜，那來自東方的使者，找著了到你夢之路？

世界不相信你，當你呼喊：「太陽已在光臨的途中，夜是完了。」

哦，睡眠者，醒來吧！

祖露你的額頭，等待光的第一次祝福，同晨之鳥在歡快的信心中齊唱。

26

在我裡面的乞丐將他消瘦的手舉向無星的天空，在夜的耳朵中用飢餓的聲音叫喊。

他的祈禱是向盲目的「黑暗」，那「黑暗」躺著，像一個失去希望的荒涼天堂之墮落神祇。

欲望的叫喊在絕望的深谷旋轉，一隻鳥繞著牠的空巢哀鳴。

但是當早晨拋錨在東方的邊緣，在我裡面的乞丐跳起叫

道：「我是受福了，那聾耳的夜拒絕了我——牠的錢庫是空的。」

他叫著：「哦，『生命』，哦，『光明』，你是寶貴的！而寶貴是那最後認得你的快樂！」

27

薩難坦在恆河邊唸經，一個襤褸的婆羅門走來對他說：「幫助我，我貧窮！」

「我募化用的缽是我自己東西的一切。」薩難坦說：「我已把我所有的都施捨了。」

「但是我主濕婆夢裡來見我，」婆羅門說：「他囑咐我來找你。」

薩難坦突然記起他從前在河岸上卵石堆裡拾起的一塊無價寶石，當時他想也許有人用得到的，就把牠藏在沙中。

他指點給婆羅門藏放的地點，婆羅門奇怪地把寶石掘出。

婆羅門獨自坐在地上沉思，直到太陽在樹後下沉，牧夫趕他們的牛群歸家。

於是他站起來慢慢地走近薩難坦說：「主啊！給我一點那蔑視世界財富的財富。」

說著他把那寶貴的石頭拋在水裡。

28

一次再一次，我伸著手到你的門前來，要求多一些，再多一些。

你給與又給與，一會兒緩慢的數量，一會兒突然的過多。

有些我拿了，而有些東西我讓牠掉了；有些沉重地躺在我手上；有些我做成玩具當厭倦時就破壞了牠；直到你禮物的殘骸與蓄儲增加到無限，這遮蔽了你，而不斷的期望耗損了我的心。

拿去，哦！拿去——已成我現在的呼喊。

從這乞兒的缽裡粉碎一切，把這瀆求的看守者之燈熄滅；握住我的手，把我從你禮物的這繼續聚積堆裡拉起，進入你寬暢的面前之樸素的無窮之中。

29

你把我放進失敗者之列。

我知道我既不能贏，也不能離開這遊戲。

我將投進深潭，雖然只有下沉到水底的一途。

我將玩那使我破毀的遊戲。

我賭注我的一切，當我最後一點兒都輸去，我將賭注我自己，那末，我想，我將藉我的完全失敗而勝利了。

30

一個愉快的歡笑延展過天空，當你把我的心穿在破衣裡派她到路上去乞食。

她沿門走去，許多次當她的乞缽快要滿盈時就被劫掠掉。

在疲勞日子的終結，她到你的宮門前來，舉起她可憐的乞缽。

於是你走來攙著她的手，扶她在你的王座上，坐在你旁邊。

31

「你們那一個願負荷養育飢民的責任?」如來佛問他的生徒們,當飢荒盛行在舍衛國。

銀行家刺德難卡爾垂下了頭說:「來養育飢民需要比我所有更多的財富。」

哲生,國王軍隊的首領說:「我願欣然捐輸我的鮮血,但是我屋子裡卻沒有足夠的糧食。」

達摩佩爾，擁有廣闊的田地者，嘆氣說：「旱魔吸乾了我的農田。我不知怎樣來還國王應付的稅。」

於是蘇蒲莉亞，托缽僧的女兒起立。她對全體行禮，謙遜地說：「我願養育飢民。」

「怎麼樣！」他們驚叫：「你怎樣希望來完成你的許願？」

「我在你們中間最窮，」蘇蒲莉亞說：「這就是我的力量。在你們每人屋裡有我的錢庫，我的倉房。」

32

我是不認識我的國王的，所以當他要求貢物時我大膽地以為我可以躲藏，留著我的債不付。

我逃著，逃在我日間的工作中，逃在夜晚的夢後面。他的要求仍跟隨著我每一次的呼吸。

我就知道他是認得我的，我沒有了餘地。

現在我願把我所有一切放在他腳前，我因此可以在他國中得到我應得的權利。

33

當我想我能塑造你——一個出自我生命的形象，來給人們膜拜，我滲進我的塵土與欲望，還有我所有的染彩的妄想與夢幻。

當我要求你，用我的生命來塑一個出自你心裡的形象給你來愛，你滲進你的烈火與力量及真理，愛及和平。

34

「陛下。」僕從報告國王：「聖人納魯坦從沒有允諾進入你的王廟裡去。」

「他在路邊樹下唱上帝的讚歌，廟裡沒有禮拜的人了。」

「他們麕集他身邊似蜜蜂繞著白蓮，留著金瓶裡的蜜不顧。」

國王心裡惱怒，來到納魯坦坐在草上的地點。

他問道：「神父，為什麼你棄我的金頂廟宇坐在塵埃中

宣講上帝的愛？」

「只為上帝不在你的廟裡。」納魯坦說。

國王顰眉說：「你知道嗎？兩千萬金子耗掉來建成那個藝術的奇觀，又是用化錢的儀式奉獻給上帝的。」

「是的，我知道的。」納魯坦回答：「這些事發生在那年，在千萬個房屋被焚的人民空自站在你門外乞求援助的那年。」

「於是上帝說：『這個可憐蟲，他不能給他的兄弟住所卻想來造我的屋子！』」

「因此他就同無家的人一起安身在路旁樹下。」

「而那個金氣泡是空無所有只有驕傲的燻人蒸氣。」

國王忿怒地喊叫：「離開我的國土！」

聖人安詳地說：「是的，放逐我到你已放逐上帝的地方。」

35

號角躺在塵埃中。
風已疲憊，光已死去。
啊，凶惡的日子！
來啊，戰鬥者舉起你們的旌旗，歌唱者唱著你們的戰歌！
來啊，前進著的巡禮者，匆匆趕向你們的旅程。
號角躺在塵埃中等待著我們。

我走著向廟宇的路，帶著我黃昏的供物去尋求一天塵汙勞作後的休息地；期望我的創傷會治癒，我衣服上的汙點會洗白，當我發見你的號角躺在塵埃中。

是不是我點我黃昏之燈的時刻？

是不是夜晚已對星辰唱催眠曲？

哦，你，血紅的玫瑰，我睡眠之罌粟已蒼白而凋謝。

我確信我的流浪已完結，我一切的債已清付，當我意外遇見你的號角躺在塵埃中。

用你青春之魅力來敲打我昏沉的心！

讓我生命的快樂燃成烈火。

讓覺醒的箭飛著穿過夜的心臟，而畏懼的顫震動搖盲目及無能。

我來把你的號角從塵埃中舉起。

睡眠不再是我的——我的路程將穿過箭陣。

有的將從他們屋子裡跑出到我身傍——有的將低泣。

有的將在他們可怕的夢中在牀上輾轉反側，呻吟。

今夜你的號角將響起來。

從你那裡，我只求和平，卻覓得恥辱。

現在我站在你面前——扶助我穿上我的盔甲。

讓苦難的重擊把火打入我生命。
讓我的心苦痛地跳，做你勝利的鼓聲。
我的雙手將是空無所有來拿起你的號角。

36

哦，美麗的！當他們在愉快時瘋狂，揚起飛塵來汙穢你的長袍，使我的心起厭惡時。

我對你叫喊：「拿起你處罰的鞭來裁判他們。」

晨光映射著那些眼睛，因夜間喧飲而發紅的眼睛；潔白百合花的寧靜迎迓他們燻人的氣息；辰星穿過深奧的神聖黑暗凝視他們的酒宴——凝視那些揚起飛塵來汙穢你長袍的人們，哦，美麗的！

你的裁判座是在花園裡，在春鳥的音詞裡；在蔭翳的河岸旁，那裡樹木低語回答水浪的低語聲。

哦，我的愛人，他們在慾念中沒有了憐憫。

他們在黑暗中巡劫搶奪你的飾物來修飾他們自己的欲望。

當他們打你使你疼痛，我的心刺痛時，我對你叫喊：「拿起你的劍，我的愛人，裁判他們！」

噢，你的處分卻是留意的。

為他們的横蠻流著一個母親的淚；一個愛人的不滅信心把他們反叛的矛隱藏在自己的創傷裡。

你的裁判在不眠的愛之無言苦痛裡；在貞潔人的赬顏裡；在孤獨者夜間的眼淚裡；在寬恕的蒼白晨光裡。

哦，可怕的，他們在不顧一切的貪得中晚間爬過你的門，闖入你的貯藏室，搶劫你。

他們掠奪物的重量增加到無限，沉重不能被帶走，不能移動。

於是我對你叫喊，寬恕他們，哦，可怕的！

你的寬恕像暴風雨爆發，推倒他們，吹散他們的竊物在塵埃中。

你的寬恕在雷石裡；在血雨裡；在日落時的忿怒紅色裡。

37

烏柏笈多，如來的弟子，睡著在馬土拉城牆旁的泥土中。燈都已熄，門戶都已關閉，而星星都被八月的陰暗天空所遮蔽。

那是誰的腳？玎玲著踝鈴聲，猛然觸著他的胸膛。

他驚醒，一個女人的燈散發的光，投射著他寬恕的眼睛。

那是個跳舞的女郎，珠寶如星播，淡青的服裝如雲蓋，沉醉在她青春的醇酒裡。

她降低她的燈看見那張年輕的臉，嚴肅而俊美。

「原諒我，年輕的苦行者。」女人說：「幸運地到我屋子來吧。塵汙的泥地，對你並不是適合的床。」

苦行者回答：「女人，走你的路；當時間成熟，我會來的。」

突然黑夜在閃電中露齒。

暴風雨在天角咆哮；女人驚恐得震顫。

路旁枝枒被沉重的花兒壓得疼痛。

歡快的笛聲在暖和的春風中遠遠飄來。

市民們都到林中去了，到花卉的節日去。

半空中滿月注視著靜寂城市的影子。

年輕的苦行者在寂寞的街上行走，頭上有失戀的可愛兒鳥在檬果枝間發聲，牠們不眠的悲鳴著。

烏柏笈多穿過城門立定在城腳邊。

是什麼女人躺在他腳邊的城牆暗角裡，被黑死病所襲擊？她的身體被膿瘡所玷汙，倉促間被驅出城。

苦行者坐下在她身旁，移放她的頭在自己膝上，用水潤濕她的雙唇，又用油膏塗她身體。

「你是誰，慈悲的人？」女人問。

「謁見你的時間終於來了，因此我在這裡。」年輕的苦行人回答。

38

我的愛人，在我們之間不僅僅是愛的嬉戲。

一次又一次，尖鳴的暴風夜突擊我，吹熄我的燈火：黑暗的疑惑聚集塗抹我天空所有的星辰。

一次又一次，堤岸潰裂，潮水沖走我的收穫，於是慟哭，絕望把我的天空從此端撕裂到彼端。

這個我已認識，你的愛有苦痛的擊打，永無死亡的冷寞。

39

牆壁裂開，光，像神聖的笑，突然進來。

　勝利，哦，光！

夜之心被刺洞穿！

用你雪亮的劍把疑竇與脆弱糾結剖分為二。

　勝利！

來啊，深仇的！

來啊，在你白色中使人恐懼的。

哦，光，你的鼓聲響徹在火的行進裡，紅色的火炬高舉；

死亡在一個光輝的突發中死去！

40

火啊，我的兄弟，我對你歌唱勝利。
你是可怖自由的鮮紅塑像。
你揮舞你的手臂在天空，你用你猛烈的手指掃過箜絃，
你的舞曲真美妙。
我日子完結門打開時，你會把這手足的索縛燒做灰燼。
我的身體與你合一，我的心將繫絡於你狂暴的漩渦；而
那是我生命的烈火將煥發，混合在你的火焰裡。

41

船夫在夜裡出外渡那狂暴的海。
桅檣因為牠的帆張滿了烈風而疼痛。
天空被夜的毒牙所刺跌落在海上，被黑暗的恐怖所毒害。
波浪把牠們的頭撞擊看不見的黑暗，而船夫出外渡那狂暴的海。

船夫已出外，我不知他有什麼密會，用他的白帆驟驚夜晚。

我不知道在什麼海岸，最後他登陸，到達那點著燈的靜默庭院去找坐在塵埃中等待著的她。

那是什麼探求使他的船不顧風浪與黑暗？

是不是那探求有大量的寶石與珍珠？

噢！並不，船夫那有帶來財寶？只有一朵白玫瑰在他手裡，一隻歌在他唇邊。

是為她，為著點了燈孤獨地看守黑夜的她。

她住在路邊的茅屋裡。

她鬆散的髮絲在風中飄揚，遮蔽了她的眼睛。

暴風穿過她破門而尖叫，她土燈的光閃搖投影在牆壁上。
從咆哮的風聲裡她聽到他叫她的名字，她那沒人知道的名字。

已經很久了，自從船夫起航。
距離他在黎明破曉前，走去敲門還要長久的時間。
鼓聲不會響起，沒有人會知道。
只有光將充溢屋子，塵土將受福，心將歡樂。
一切疑惑將悄悄地消失，當船夫到達了海岸。

42

我依附著這活的筏——我的身體，渡過我凡塵年代的狹
流，當我到達彼岸，就把牠放棄。
於是？
我不知那裡的光是不是和黑暗相同。

「未知」就是永久的自由；
他在愛中是沒有憐憫的。
他壓碎貝殼為了那真珠，啞口在黑暗之牢獄中。

可憐的心啊，為了那些過去的日子，你沉思又低泣。
為要到來的日子高興吧！
時鐘已敲了，哦，巡禮者！
這是你們分路的時候了！
他的臉將再一次除下面幕而你們將相見。

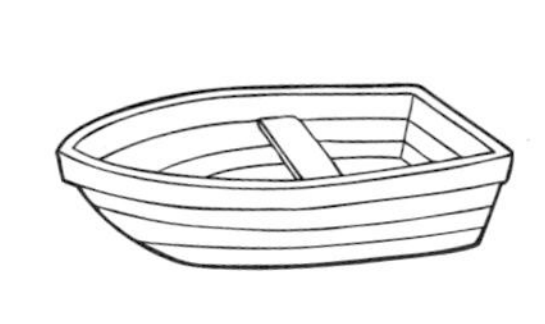

43

頻毗沙羅王用白色大理石造了一座廟，蓋在如來的佛骨上以表敬意。

黃昏時國王家裡所有的新娘與女兒們都獻上鮮花與明燈。

當他兒子做了國王時，他用血液洗掉了他父親的教條，把這教條的聖書燃起了祭禮之火。

秋天的白日將逝。

黃昏之禮拜鐘點移近。

史莉摩蒂，王后的侍女，她是專心皈依如來佛的，在聖水中沐浴過，用明燈與白色鮮花裝飾了金盆，靜靜地招起她烏黑的眼睛看著王后的臉。

王后驚恐而戰慄說：「難道你不知嗎？笨女孩！死亡是給那個到如來廟禮拜的人之懲罰。」

「這是國王的意志。」

史莉摩蒂對王后鞠躬，回身出門，來到王子新婚的新娘亞蜜泰面前站著。

一面磨光的金鏡在她膝上，這新婚的新娘編著她黑而長的髮絲，又在髮的分界劃上幸運的紅點。

她的手顫抖，當她看見那年輕侍女，她喊道：「你要帶給我什麼可怕的危險！即刻離開我。」

肅克拉公主坐在窗前，依著落日的光讀她的傳奇小說。

她驚起，當她看見那帶著神聖祭物的女侍在她門前，

她的書從她膝上跌落，她在史莉摩蒂耳邊低語：「別衝

向死亡，大膽的女人。」

史莉摩蒂沿門走去。
她舉頭叫道：「國王屋裡的女人們，趕快啊！」
「我主的禮拜時辰來了！」
有的當她臉閉了門，有的辱罵她。

最後一線日光消失在宮塔的古銅圓頂上。
深影定住在街角；城市的雜沓靜下來；濕婆廟中的銅鑼
佈告晚禱的時間。

在秋夜的黑暗中——深沉像澄澈的湖，星星因光而跳動，當御花園裡的衛兵們震驚，看見樹林那邊一排燈點在如來廟裡。

他們帶著出鞘的劍跑去，叫著：「你是誰，不顧死活的愚人？」

「我是史莉摩蒂，」甜蜜的聲音回答，「如來佛的僕從。」

剎那間她的心之血染紅了冰冷的大理石。

在星星的靜默時刻，禮拜的最後一盞燈之光在廟腳死去。

44

站在你我之間的日子行她相別的最後一鞠躬。
夜把面幕拉上她的臉，遮蔽了我房裡點著的唯一燈盞。
你黑暗的僕從無聲的到來，為你展開新婚的地氈。
讓你獨自和我坐著，在無言的靜寂中直到夜終。

45

我的夜度過在悲哀的牀上，我的眼睛疲乏，我沉重的心還未有準備去同早晨與牠擁擠的歡快相見。

把幕蓋上這赤裸裸的光，招呼這耀眼的閃光與生命之舞蹈遠離他。

讓你柔和黑暗的斗篷把我蓋在牠的摺疊裡，蓋著我的苦痛，讓我避一會兒世界的壓力。

46

我可以償回她一切我所接受的時間已成過去。

她的夜已找到了牠的晨，而你已承受她在你懷抱裡，於是我給你帶來我的感恩還有我的禮物，那些原是給她的。

因我對她的所有的傷害和無禮，我到你那裡來要求原諒。

我為你服務獻出這些我愛之花，這些當她等待著她們開放時仍是蕾的花。

47

我找到幾封我的舊信仔細地藏在她的匣子裡——給她記憶來玩耍的一些小玩具。

從時間的狂烈河流，她要想用懦怯的心偷竊這些無價值的東西，並說：「這些只是我的！」

啊，現在沒有人來要求牠們，沒有人能以慈愛的留意當做牠們的代價，但是牠們仍在這裡。

一定的，在這世界裡是有愛來到完全失敗中救她，就是像這個她的愛，拯救這些信，用這樣的憐愛的留意。

48

帶美麗與秩序到我孤獨的生命來，女人啊，像當你活著時帶到我家庭來似的。

掃去時間的塵封碎片，注滿這些空瓶，修理所有被忽視的。

那未啟開廟的內門，點起燭來，讓我們在我們上帝前靜默地相見。

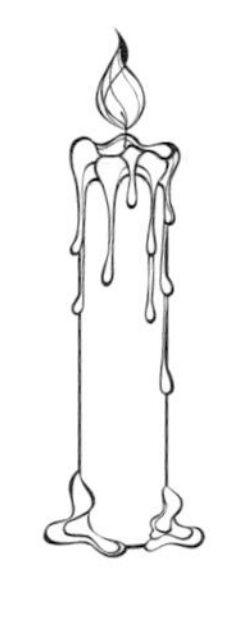

49

苦痛極重，當絃被調整時，我主！

開始你的音樂，讓我忘卻那苦痛；讓我在美妙中感覺在無情的日子中你心中所想的。

殘夜在我門前逗留，讓她用歌來告別。

傾注你的心在我生命的絃裡，我主，在你星辰間飄落的曲調中。

50

在一刹那的電閃光中，我在生命中看見你的創造是多麼無限——由世界到世界的幾許死亡中的創造。

我因我的無價值而哭泣，當我看見我的生命在無謂鐘點掌握中——但當我看見牠在你手中我就知道牠是太寶貴了，不可浪費在幻影裡。

51

我知道將有一個白日的昏暗終結，太陽會向我最後一次告別。

牧童們在榕樹下吹笛，牛群在河旁斜坡上吃草，那時，我的時日將向黑暗消失。

這是我的祈禱，讓我在離別前知道為什麼大地呼喚我入她的懷抱。

為什麼她的夜之靜默以星辰對我談話，她的光吻我的思想使開花。

我離開以前讓我逗留在我的尾聲中，完成牠的音樂，讓看你臉的燈點亮，來把加冕你的花環織成。

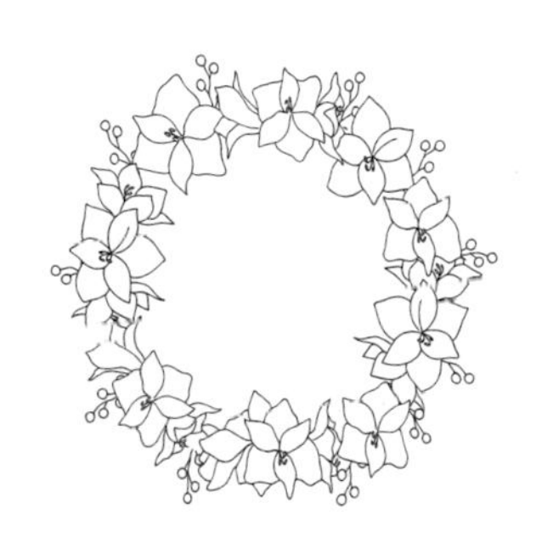

52

那是什麼音樂？在牠節拍中世界搖擺。

我們歡笑，當牠敲在生命之絕頂；我們恐懼而畏縮，當牠回向黑暗。

但演奏是一樣的，牠跟著無限音樂的節奏來去。

你藏匿你的財寶在你掌中，我們就呼喊我們是被劫了。

但是任你開合你的手掌，得與失是同樣的。

你和自己玩的遊戲中，你同時失敗與勝利。

53

我曾用眼睛與四肢吻過這世界；用無數摺疊把牠包在我心中；用思想氾溢牠的日夜，直到世界與我的生命已長為一體——於是我愛我生命，因為我愛天空的光這樣交織著我。

如果離開世界是像愛牠一樣真實——那末生命的相遇與分離必定有意義。

如果那分愛在死亡中被騙，那末，這欺騙的腐化將耗蝕一切，為此星辰要枯萎而變黑。

54

「雲翳」對我說：「我消失。」；「黑夜」說：「我投入熱烈的黎明。」

「苦痛」說：「我深寂地留著的是他的足印。」

「我歿入完成。」我的生命對我說。

「大地」說：「我的光時刻吻著你的思想。」

「時日過去，」「愛」說：「但是我等著你。」

「死亡」說：「我駕駛你的生命之舟渡過海洋。」

55

詩人杜爾雪達斯在恆河邊漫步著沉思，在那孤寂的地帶，那裡他們焚化死人。

他發現一個女人坐在她丈夫屍體腳旁，穿戴得似結婚時的華麗。

她看見他就恭敬起立，對他禮拜說：「准許我，師父，得到你的祝福，來跟隨我丈夫到天國去。」

「為什麼這樣躁急，女兒？」杜爾雪達斯說：「不是這大地也是創造天國的人所有的？」

「我不渴望天國。」女人說：「我要我的丈夫。」

杜爾雪達斯笑著對她說：「回家去，孩子，在一個月未滿以前，你將找到你丈夫。」

女人帶著快樂的希望回去了，杜爾雪達斯每天來見她，使她想高超的思想，直到她的心被神聖的愛所充溢。

當一個月方過，她的鄰居都來問她：「女人，你有沒有找到你的丈夫？」

寡婦笑笑說：「我已找到了。」

他們急切地問：「他在那裡？」

「我丈夫在我心中，與我合一。」女人說。

56

你到我身邊來一會兒，用在造化之心中的女人之龐大神祕來觸動我。

她是永久在把上帝自己流出的甜蜜還給上帝；

她是大自然中永久新鮮的美麗及青春；她在潺潺的溪流中舞蹈，在晨光中歌唱；她與起伏的水浪同乳哺乾渴的大地；在她的「永恆者」，因牠再不能抑制自己的歡樂而分裂為二氾濫在愛之苦痛中。

57

她是誰？這位住在我心中，永遠孤獨的女人。
我向她求愛而沒有成就。
我用花環修飾她，又唱歌讚美她。
微笑在她臉上閃了一會兒，又消失了。
「我並不能因你而快樂。」她叫著，這位悲哀的女人。

我帶給她鑲珠的踝鈴，又用寶石點綴的扇子搧她；我給她在金床架上安置床鋪。

一線歡快之光在她眼中閃爍，又死亡了。

「我並不能因這些而快樂。」她叫著，這位悲哀的女人。

我坐在勝利之車上，從世界這一盡頭馳騁另一盡頭。

被征服的心拜倒在她腳下，還有讚美之聲響徹天空。

得意在她眼中閃耀了一會兒，被眼淚隱蔽了。

「我不因征服而快樂」，她叫著，這位悲哀的女人。

我問她：「告訴我，你尋求誰？」

她只說：「我等待著名字不知的他。」

日月過去，於是她喊：「什麼時候我不認識的心上人將來到，讓我永遠認識他？」

58

你的是那從黑暗中衝出的光；你的是那從鬥爭的破心中萌芽的善良。

你的是開向世界的屋，那向戰場召喚的愛。

你的是當每樣都失敗時仍是勝利的禮物，那流過死亡之洞穴的生命。

你的是坐落在平凡塵土中的天堂，你的存在為著我，你的存在為著一切。

59

當道路的疲倦到臨我身上，還有悶熱的日子的乾渴；當黃昏的似鬼鐘點投向他們的幻影橫過我生命，那時我不只喊著要你聲音，我的朋友，而也要你的接觸。

我心裡有著苦痛，因為那些沒有給你的財富之負重。橫過黑夜伸出你的手，讓我握著牠，充滿牠，並且保留牠；讓我在寂寞伸延的前途一路覺到牠的接觸。

60

芬芳在花蕾裡哭喊：「啊呀，日子去了，這春的快樂日子，我卻是花瓣中的囚人！」

不要失去勇氣，膽怯的東西啊！

你的禁錮會爆裂，花蕾會開成花朵，而當你在生命圓滿後死去時，春天也仍會活下去。

芬芳氣喘，在花蕾內振動，哭喊：「啊呀，時間過去，但我不知我到那裡去，我尋求的是什麼！」

不要失去勇氣，膽怯的東西啊！

春風已竊聽了你的慾望，今日不會結束，在你成就你的存在之前。

將來對她是祕密，芬芳絕望地哭喊：「啊呀，是誰的過失，我的生命這樣無意義？誰能告訴我，究竟為什麼我存在？」

不要失去勇氣，膽怯的東西啊！

完整的黎明接近，那時你將混合你的生命在一切生命中，最後知道你的本旨。

61

她還是一個小孩，我主。

她在你宮中四處奔跑遊玩，而想把你也做成一樣玩具。

她不顧她的髮絲拋散，她隨意地衣服拖在塵埃中。

你對她說話她不回答，卻睡著了——你早晨給她的花卉從她手中溜滑在塵埃中。

當暴風雨爆發，黑暗布滿天空，她就不眠；她的玩偶散開躺在地上，她因恐怖而纏住你。

她怕她會在你服務中失敗。

但是你微笑著注視她遊戲。

你認識她的。

坐在塵埃中的孩子是你命定的新娘；她的遊玩會靜止而深浸入愛。

62

「哦，太陽，除去天空，還有什麼能保留你的肖像？」

「我夢著你，但我永不能希望可服務你」，露珠哭泣說。

「將你放入我裡面，那是我太渺小了，偉大的主啊，我的生命全是眼淚。」

「我照耀無邊的天空，我卻能仍委身於一滴小小的露珠，」這樣太陽說：「我將變成只是一線光來充溢你，於是你的小小生命將是一個歡笑的球。」

63

我不要那不知約束的愛，只像飛沫的酒爆裂了容器一忽兒變為無用。

賜給我沉靜的，純潔的愛，像你的雨賜恩於乾渴的大地，並充滿粗陋的土罐。

賜給我那能滲入存在中心的愛，從那裡會蔓延，像看不見的水分透過枝條茂暢的生命之樹，使果子與花朵出生。

賜給我那用和平的充溢來保持心的靜默之愛。

64

太陽已在河西的邊緣下沉，在森林的叢莽間。

隱區的孩子們已帶著牛群歸家，圍著火坐下傾聽教師高泰馬的宣講，這時一個陌生男孩走來，用花與果禮敬他，拜倒在他腳邊，用鳥一樣的聲音說——

「主啊，我到你這裡來願被領上至高真理的道路。」

「我的名字是愛真。」

「祝福你」，教師說。

「你是什麼氏族，孩子？只有婆羅門適合昇登最高智慧。」

「主啊，」孩子回答，「我不知我屬那一族，我回去問我母親。」

這樣說著愛真乃離去，涉過淺溪回到他母親的茅屋，那立在荒漠沙地的盡頭，靜睡村落的邊緣的茅屋。

油燈朦朧的點在房裡，而母親站在門口黑暗裡等待她兒子的歸來。

她把他緊抱在懷裡，吻著他的頭髮，問他關於到教師處去的事情。

「我的父親叫什麼名字，親愛的母親？」孩子問。

「只有婆羅門適合昇登最高智慧，高泰馬先生對我說。」

女人低垂她的雙眼，低語說：

「我年輕時貧窮，替許多主人做事，你來到你母親若白蘿的懷抱，我的寶貝，她沒有丈夫。」

太陽最初的幾線光閃耀在隱區森林的樹頂。

學生們，他們紛亂的頭髮仍為早晨的沐浴而潤濕，就古

樹下坐，在教師面前。

愛真到來。

他在聖人腳邊俯身下拜，然後靜默的站著。

「告訴我，」偉大的教師問他，「你是什麼氏族？」

「我主，」他回答，「我不知道，我問母親，她說，『我年輕時侍奉許多主人，而你來到你母親若白蘿的懷抱，她沒有丈夫。』」

喃喃聲響起像忿怒的蜂群在牠們巢中被騷動而嗡嗡不休，學生們怨言這被社會逐出者的不知羞恥的無禮。

教師高泰馬站出來，伸出雙臂，把孩子抱在他懷裡，「你是最好的婆羅門，我的孩子，你有真實的最高尚繼承。」

65

也許這城市中有一間屋子，今晨門戶永遠開放向日出的撫觸，那裡光的使命是成全了。

花朵既開放在籬笆上和花園中，也許在這清晨有一顆心在牠們中間找到那禮物，那早在無盡期中旅行的禮物。

66

聽啊，我的心，他的笛是野花香氣的樂聲，是閃光葉子的，瀲灩水波的，以及朦朧中蜂翼鳴響的樂聲。

笛從我朋友的唇間偷竊他的微笑開遍我的生命。

67

你始終獨立在我歌之溪外。
我曲調的波浪沖洗你的雙足，但我不知怎樣我才能到達你的腳邊。
這個你我之間的遊戲是遠距離的遊戲。
是隔離的苦痛依靠著我的笛融化在旋律中。
我等待時間的來臨，那時你的小艇渡向這岸，那時你會將我的笛拿進你自己的手中。

68

今晨，突然我心之窗飛開來瞭望著你的心。

我驚奇地看見你知道我的名字寫在四月的葉與花裡，於是我默坐著。

我的歌與你的歌之間的帷幕一時被吹開。

我發現你的晨光是充滿我自己未唱的無言之歌；

我想我將在你足邊學習牠們——於是，我默坐著了。

69

你在我心的中央，所以當我心漫遊，她永遠尋覓不到你；到最後你避卻了我的愛與希望，因為你是永遠在牠們之中。

你是我青春之活動中的最大快樂，而當我太忙於活動，我遺漏了快樂。

我生命狂歡之時你給我唱歌，我卻忘記對你歌唱。

70

當你掌你的燈在天空，燈光投在我臉上，燈的影陰卻降落在你身上。

當我掌著愛之燈在我心中，燈光投射你，我佇立在後面的影陰中。

71

啊，這波濤，這吞天的波濤，閃耀著光，跳躍著活力，旋轉的歡笑之浪，永遠衝激。

星辰顛簸在牠們上方，各種顏色的思潮從深洋中投射出來，散布在生命之海岸上。

生與死隨著牠們的節拍起伏，我心之海鷗展開雙翅歡鳴。

72

快樂從全世界飛奔來構造我的身體。

天光吻著又吻著她直到她醒來。

匆促的夏天之花卉在她呼吸中嘆息，風與水之聲在她活動中歌唱。

雲彩與森林的顏色之潮的熱情流入她生命，萬物之音樂愛撫她的四肢成形。

她是我的新娘——她點燃她的燈在我屋裡。

73

春，帶著葉與花來到，進入我的身體。

整個清晨蜜蜂在那兒鳴響，風無聊地與陰影嬉戲。

甘美的泉從我心之心中噴出。

我的眼睛用歡快洗濯，像露洗的清晨，生命震顫在我四肢，像琵琶彈奏的絃。

是不是你獨自漫遊在我生命之岸，那裡潮水氾濫，哦，我無窮期的愛人？
是不是我的夢翱翔在你周圍像彩翼的飛蛾？
還有我存在之暗穴裡回響的是不是你的歌聲？
除卻你，還有誰能聽到今天在我血液中響起的密集鐘點之鳴聲，快樂的腳步在我胸中舞蹈，不息的生命之喧擾在我身體中撲翅。

74

我的桎梏已截斷，我的債已付清，我的門已開放，我去到任何地方。

他們蹲踞在他們的角落裡織著蒼白鐘點的網，他們坐在塵埃中數著他們的錢幣，呼喚我回去。

但是我的劍已鍊成，我已穿上盔甲，我的馬是熱切於騁馳。

我將獲得我的領土。

75

只是幾天前我到你的大地來，赤裸，無名，號哭著。

今天我的聲音歡欣，而你，我主，卻站在一邊讓我有餘地可以來充實我的生命。

就是當我帶我歌來獻給你時，我仍暗地希望著人們會為了這些歌來愛我。

你愛發現我愛著這個你帶我來的世界。

76

我膽怯地蜷伏在安全的影子裡，但現在，當快樂之波濤帶我的心在浪頂，我的心緊執住牠困難的殘酷岩石。

我獨自坐在我屋子的一角，想這屋子要來接待任何客人是太狹窄了，但是現在當門戶突然為一個不請而來的快樂敞開，我發現這裡有給你與給全世界的餘地。

我踮起足尖行走，當心我自身，薰香又修飾過——但現在當一陣歡樂的旋風吹倒我在塵埃中，我狂笑著滾在你腳邊的地上，像孩子一樣。

77

世界即刻是你的，永遠是你的。

因為你沒有需要，我主，你對你的財富並無興趣。

好像牠是零。

所以經過漫長的時間你不斷給我你的東西，你從我不停的獲得你的國土。

日以繼日，你從我的心買到你的日出，你找到你的愛，雕成我生命之塑像。

78

你給鳥兒以歌曲，鳥兒們以歌曲來報答你。

你只給我聲音，卻要求更多，於是我歌唱。

你造你的風輕快，牠們敏捷地服務，你重累我雙手，使我能自己來減輕牠們，於是最後，為了來服務你，獲得無累的自由。

你創造你的「大地」，用光之碎片來充滿牠的影陰。

到那地步你停頓了；你留我空手地在塵埃中來創造你的

天堂。

其餘的萬物你給與；向我你卻要求。

我生命之收穫在日光及陣雨下成熟著，直到我收穫更多於你的播種，使我的心歡欣，哦，金穀倉之主。

79

讓我不要祈禱著從險惡中得到庇護，但祈禱能無畏地面對牠們。

讓我不乞求我痛苦會靜止，但求我的心能征服牠。

讓我在生命之戰場不盼望同盟，而使用我自己的力量。

讓我不在憂慮的恐懼中渴念被救，但希望用堅忍來獲得我的自由。

允准我，我雖是一個懦者，只在我的成功中覺得你的仁慈；但讓我在我的失敗中找到你手的緊握。

80

當你獨居時，你不知道你自己，那時沒有使命的呼喚，風從這裡跑到更遠的彼岸。

我到來，於是你甦醒，而天空放滿了光。

你使我在多少花卉中開放，拴我在多少方式的搖籃中，藏放我在死亡中又再發現我在生命中。

我到來，你的心起伏；苦痛降臨到你身上使你快樂。

你撫觸我，刺激我進入愛中。

但我雙眼裡有慚愧之薄幕，我胸膛中有恐怖的閃爍；我的臉是覆著紗，當我不能見你，我悲泣。

但我知道你心中有無限的見我之渴望，在旭日一再的叩門聲中，那渴望在我門前呼喊。

81

你，在你的無時間的守望，傾聽我行近的腳步聲，那時你的歡樂聚集在晨之曙光中，而迸裂在光之爆發中。

我愈行近你，海之舞蹈的狂熱愈深。

你的世界是一株多枝椏的光之梗充滿你的雙手，但你的天國卻在我祕密的心裡；牠漸漸地在羞怯的愛中開放花蕾。

82

我獨坐在靜默思想的影子裡，我將說出你的名字。
我將不用字眼來說牠，我將無故的說牠。
因為我是像一個小孩成百遍的叫著他的母親，高興他能說「母親」。

83

〔1〕

我覺得所有的星辰照著我。
世界衝入我的生命似洪水。
花卉開放在我體內。
所有水陸的青春似薰香般燻蒸在我心中；萬物的呼吸奏著我的思潮似笛的吹奏。

〔2〕

當世界入眠，我來到你門前。
星星默默無言，我不敢歌唱。
我等待著看守著，直到你的影子經過夜之涼臺，我抱著
一顆洋溢的心回來。
於是在晨光裡，我在路旁歌唱；
籬間的花回答我，早晨的空氣在傾聽。
旅客突然停步看看我的臉，以為我呼喚他們的名字。

〔3〕

留我在你門口永遠侍候你的願望,讓我行走在你的國土,
接受你的呼喚。
不要讓我沉淪,消失在陰鬱的深淵。
不要讓我的生命被無謂的困乏耗損成碎片。
不要讓這些疑慮包圍我——迷亂的塵埃。
不要讓我追逐許多路徑來聚集成許多物件。
不要讓我的心屈服於許多羈絆。
我是你僕人,我應該得意而勇敢,讓我把我的頭抬高。

84

划手們

你聽到了遠處死亡的喧嚣否。
那大潮與毒霧中的呼聲。
——「船長」呼喊舵夫把船轉向一個未名的岸。
因為那個時期已過去——在港內停滯時期——
那裡同樣的舊貨是買進又賣出作一個無窮的循環。
那裡死東西漂流在真理的潤澤與空虛中。

他們在突然的驚恐中醒來問：「同伴們，敲幾點鐘了？
什麼時黎明將破曉？」
煙雲塗抹了星辰——
有誰能見到白晝的招呼之手指？
他們手執划槳跑出來，臥牀是空了，母親作祈禱，妻子
守候在門口，
別離的哭聲沖向天空，
而黑暗裡有「船長」的聲音：
「來吧，水手們，停留在港裡的時間已過！」

世界一切黑暗的罪惡氾濫到了岸上，
但是，划手們，你們靈魂上帶著憂患的祝福就位吧！
你們譴責誰，兄弟們？低垂你們的頭吧！
罪孽是你們的亦是我們的。
在上帝心裡幾許時代增加的烈焰——
弱者的懦怯，強者的倨矜，臃腫繁榮的貪得，冤屈者的
仇恨，種族的傲慢，還有對人類的侮辱——
衝破了上帝的和平激盪於暴風雨中。

像成熟的莢，讓風暴把牠的心裂成片片，散布出雷聲來。

停止詆毀與自誇的喧譁。

帶著默禱的平靜在你們額頭，航向那未名的岸。

我們每天知道罪與惡，我們已知道死亡；他們經過我們的世界像煙雲，嘲笑我們於他們瞬息的狂笑。

突然他們停止了，變成一個怪物，

而人類必須站在他們前面說：

「我們不怕你，哦，怪物！因為我們天天征服你而活著，」

「而我們死去也帶著信心，就是『和平』是真理，『善』

是真理，而真理是永恆的『一』！」

假使「不滅」不居住死亡的心裡，
假使歡快的智慧花開時不裂開悲哀的鞘，
假使罪惡不死於牠自己的顯露，
假使傲慢不碎於裝飾的重負，
那麼是何方來的這希望，把這些人趕出他們的家，像星辰在晨光裡衝向死亡？
是否殉難者的血，慈母的淚之價值將完全消失在大地的塵埃中，不以他們的代價換得天國？
而當「人」裂開他塵世的繫縛，不是那些「無邊」就顯露了嗎？

85

失敗者之歌

我主命我站在路旁時歌唱「失敗」之歌，因為那是「他」祕密求婚的新娘。

她帶了黑暗的面幕，對人群遮蔽她的臉，但她胸前的寶石在黑暗中閃爍。

她被白晝所遺棄，而上帝的夜晚是等待她，點著燈，花卉被露濕透，準備了露濕的花卉。

她沮喪的眼睛向著地，靜默無言；她離棄她的家在後面，從她家來的是風的號哭。

可是星辰對那為羞恥及受難而甜蜜的臉唱著永恆的戀歌。

寂寞之室的門已開，呼聲已響起，而黑暗的心畏敬地跳動，為了臨近的約會。

86

謝恩

那些人走著倨矜之路，壓碎低微的生命在他們的足步下，用他們血汙的足跡覆蓋大地的嫩綠。

讓他們歡欣，感謝你，主啊，因為今天的勝利是他們的。

但是我卻感謝我地位是與受難及忍受權力的重負之卑微者一起，他們遮掩他們的臉，在黑暗中抑制他們的哽咽。

因為他們苦痛的每一跳，震動在夜之祕密深處，每一侮辱已聚集在你偉大的靜默裡。

而明天是他們的。

啊，太陽，升起在流血的心上，開放在早晨的花裡，

於是傲慢的縱宴火炬萎縮為灰燼。

園丁集

泰戈爾 著 糜文開、裴普賢 譯

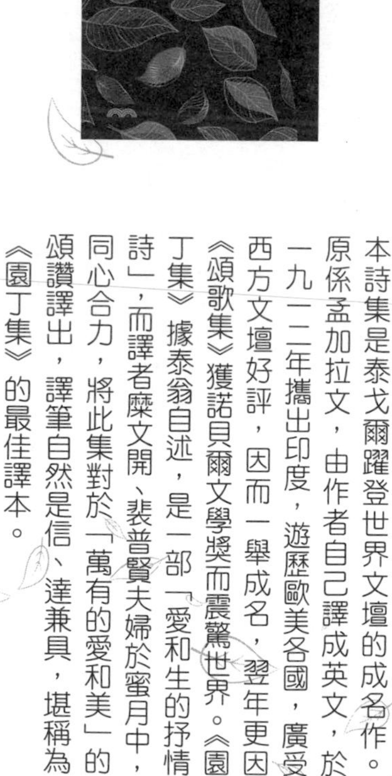

本詩集是泰戈爾躍登世界文壇的成名作。原係孟加拉文，由作者自己譯成英文，於一九一二年攜出印度，遊歷歐美各國，廣受西方文壇好評，因而一舉成名，翌年更因《頌歌集》獲諾貝爾文學獎而震驚世界。《園丁集》據泰翁自述，是一部「愛和生的抒情詩」，而譯者糜文開、裴普賢夫婦於蜜月中，同心合力，將此集對於「萬有的愛和美」的頌讚譯出，譯筆自然是信、達兼具，堪稱為《園丁集》的最佳譯本。

頌歌集

泰戈爾 著　糜文開 譯

本詩集是泰戈爾於一九一三年獲諾貝爾文學獎的得獎作品，原名是*Gitanjali*，意思是「頌歌的奉獻」，集內共收長短詩歌一〇三篇，大多是對於最高自我（上帝）的企慕與讚美的頌歌，故書名譯作「頌歌集」。集中充滿著許多微妙而神祕的詩篇，其讚美上帝的各種手法和姿態，尤為高超奇特，讀之令人悠然神往。譯者對印度文學鑽研深入，此版經多次潤飾、修改、校訂，終將難譯的泰戈爾頌神詩呈現讀者面前，值得您一再品味。

漂鳥集

泰戈爾 著　糜文開 譯

《漂鳥集》為印度著名詩哲泰戈爾著名的佳作之一，完成於一九一六年。在他三百餘則清麗抒情的詩篇中，歌頌著大自然的壯闊、人生的哲理、對社會的反思。文字清新雋永、刻劃入微。有如飛翔在天際的漂鳥，以俯視姿態，看盡世間喜樂與哀愁。文字簡潔，而詩者對於世界的感懷與感動卻是涓滴入心！

國家圖書館出版品預行編目資料

採果集／泰戈爾著;糜文開,糜榴麗譯.——六版一刷.
——臺北市：三民，2023
面；公分

ISBN 978-957-14-7604-9（平裝）

867.51 112000033

採果集

作　者｜泰戈爾
譯　者｜糜文開　糜榴麗

發 行 人｜劉振強
出 版 者｜三民書局股份有限公司
地　址｜臺北市復興北路 386 號（復北門市）
臺北市重慶南路一段 61 號（重南門市）
電　話｜(02)25006600
網　址｜三民網路書店 https://www.sanmin.com.tw

出版日期｜初版一刷 1977 年 3 月
六版一刷 2023 年 8 月
書籍編號｜S860110
I S B N｜978-957-14-7604-9

三民書局